KB103222

반갑습니다.편안한 김리치 입니다.

 묵은 감정들과 덮어둔 문제들은 삶을 악순환에 빠지게
합니다. 인생의 반복되는 문제들에서 벗어나고자, 기나긴
시간동안 내면 일기를 썼습니다.

 감정의 근원으로 들어갈수록 강력한 불안, 분노를 거쳐
무기력한 모습이 드러납니다. 무력한 시기를 지나면 삶을
받아들이고 성찰하며 변화할 수 있습니다. 이 책에는
감정의 해소 과정을 순차적으로 담았습니다. 짤막한
글들을 에피소드로 넣었습니다. 같은 감정을 느끼는
지점이 있다면 공감하며 읽어주세요.

감정의 해소

불안

사람들의 지나친 간섭으로
삶의 뿌리가 흔들렸다.
버티다가 결국 공황장애에 걸렸다.
공황장애의 원인은
외부의 통제와 압박으로
마음대로 행동할 수 없게 되어서일까?

-

연애가 망해가는 과정이 있다.
불행한 연애만 하면,
행복한 연애가 이상하게 느껴진다.
또 다시 불행한 상황을 만들고,
불안한 사람을 만나는 악순환의 굴레.
아무 문제가 안 생기면
뭔가 공허한 느낌이 들거든.

-

나락으로 떨어지면 세상은 가차없다.
카드대금이 밀리면 카드이용은 불가능하다.

줄 때는 조건이 많고
읽어보면 해당사항에 없다.

걸어 갈 때는 고지서가 바로 날아온다.
세상이 이렇습니다.
정신 바짝 차리고 살라는 말은 헛되지 않았다.

-

매번 사람들과 같이 있다가
어느 날 혼자 있게되면
생각이 많아진다.

부정적 생각이 많을수록 우울해진다.
비워내야지.

-

순리대로 이치대로 살면

편안하게 인생이 풀린다.

불안함은 순리대로 흘러가지 않아서
생기는 감정이다.

-

불안하게 살다가
누군가가 갑자기 애정을 주면
두려움이 증폭된다는데..
상상조차 되질 않는다.

-

시시때때로 바뀌는 생각과
기분에 따라 달라지는 목소리톤.
더 심해지면
그대의 자아가 분리되겠구나.

인생의 어느 지점까지 거슬러 올라가야
원인을 찾을 수 있을까.

다시는 나를 찾지 않아서 다행인가.

-

일기 속 가장 먼저 나온 감정은 불안입니다. 여기저기서
터지는 사건을 막으려 많은 에너지를 소모했습니다.
'내일은 또 어떤 일이 일어날까? 삶이 무너지지 않을까?'
삶은 한결같을 수 없고 벌어진 일에는 추후 해결하며
살아가는 법을 배웁니다. 아무리 애를 써도 안 되는 일은
어쩔 수 없음을... 사소한 일에 불안을 흩뿌리면 중요한
일에 에너지를 쓸 수 없답니다.

분노

예의없는 사람을 만나면, 에너지 소모가 크다.
분노를 다 흘려보낸 후에, 이야기를 해야겠다.
이 또한 경험이겠지.

선의로 시작한 재능기부이다.
내 자신이 공짜라서 시작한 일이 아니다.
나의 시간과 돈을 공짜로 여기는 사람들이
역겹다.

-

수험 시절의 일기는 진정한 자아성찰이 아니다
공부 시간에 쫓겨서 일기를 썼다.
내면 일기에서 처음 올라오는 감정은,
강력한 부정적 감정, 결핍의 에너지.

불안감과 분노이다.
걱정 중 일어나지 않는 일이 태반이라는
단순한 말로 해결되지 않는다.

분노는 누구에게나 있다.
분노에 둘러싸여 살면, 분노조절장애가 생기겠지.

불안감과 분노를 모른 채 살아왔으니
이것들을 비워내는 내내 당혹스럽다.

모든 악은 입으로부터 나온다고
떠올리기 싫은 말들이 기억나면
상황 속에 내던져진다. 순간적으로 욱한다.

-

속세에는 힘든 일들이 많아서
서정적 방법으로 흘려보내기 어렵다.
해소되지 않는 분노는 병이 된다.

쌓인 분노는 어떤식으로든 표출된다.

참는 일은 미덕이 아니다.

애꿎은 이에게 분노를 표출하기 쉽다.
본인의 문제는 스스로 잘 알고 있다.

-

분노가 일어난 순간.
왜 분노가 일어났는지,
왜 불안한지 떠올려보자.

분노와 불안함은 선택을 주저하게 하고
삶을 갉아먹는다.

불안함에 끊임없이 노출되면
책임감이 사라지고
생각이 자꾸 변한다.

집중할 시간, 한정된 에너지를 낭비한다.

-

수많은 블로그 유입 키워드 중,
하나가 눈에 들어왔다.
왠지 검색 결과가 궁금해서 눌러본다.
느낌이 이상할 때는 이유가 있는 법이다.

9

나의 글을 그대로 베낀 글이 있다.
불과 3일 차로 올라왔다.
화가나네.

1년 여간 고심해서 올린 글이다.
글도용 신고를 하고, 처리 되는 날까지
분노가 사그라들지 않았다.
댓글로 사과를 요구했으나
삭제 후 도망갔다.
사과할 사람이면 베끼지 않았겠지.
괜한 에너지를 낭비했다.

-

역지사지는 지능인가?
타인이 말해줘도 이해를 못해서인가?
인간관계에 해당하는 지능은
커서 배운다고 되지 않는가?

-

대화가 계속 맴도는 사람과 말다툼해서

무얼 얻겠다고.
답이 나오지 않는다.

어린 날의 나는, 역정을 내면서
스스로 화를 분출했다.
이제는 의미 없다는 것을 안다.

이길 필요가 없다. 달라질 것이 없다.
승산이 없는 일은 안 하고 싶다.
달라지지 않을, 안 맞는 사람과는
서로에게 고통을 남긴다.

-

똑같은 이야기를 자꾸 꺼내지 않는 이유가 있다.
듣는 것도 한두 번이지
지겹잖아?

제발 한 번만 말하자.
무엇을 말했는지 기억이 잘 나지 않고,
무엇을 들었는지는 또렷이 기억난다.

\-

억지로 쥐어짜 낸 공감능력이
느껴질 때가 있다.

역겨운 공감이라 부른다.

사람의 심리를 좌지우지하는
의도가 보이는 공감에
반감이 생긴다.

\-

분노의 감정을 해소하는 데 가장 많은 시간이 걸렸습니다.
강력한 부정적 에너지입니다. 오래 품고 있으면 심신에
해롭습니다. 분노 속에 갇혀 살아가면 될 일도 안 됩니다.
오랜 시간이 걸려도 언젠가는 꼭 풀어야 할 숙제입니다.

방황

최근 며칠 마음이 흔들렸다.
아마도 그런 시기가 필요하니 겪었겠지.
삶에서 우울함이 있어야 기쁨을 느낄 수 있다.
슬픔을 애써 막으면, 기쁨을 받아들이기 힘들다.
이런 날도 있구나..

-

사람 일은 모르는 법
슬플 때는 슬퍼할 수 밖에 없겠지만,
속상하다고 삶을 내다 버리지 말자.
조금 더 살면 어떤 좋은 일이 일어날 지 모른다.

-

슬프다.
아니 슬픈가....
술 마시고 자야지.
너무 우울해졌다.
지금 뭐 하는 짓이지.

감정 상할 일이야?

지금의 이 감정을 핑계로

할 일을 미루고 싶은 걸까?

요즘의 나는 미친 사람 같다.

술 마셔서 그런지 횡설수설..

방법이 없나보다.

책이나 좀 읽고 자야지.

-

더 이상 시간을 허투루 보낼 수 없다.

스스로를 극한으로 몰아 넣자는 건 아니다.

스트레스를 덜 받고 해야 할 일을 효율적으로 해야겠다.

그래야 결과물을 만들어내고 기회를 잡는다.

-

최악의 상황을 겪고 나서야

많은 일을 버리겠다는 다짐을 한다.

과거의 고난은 되돌아보면 최악의 상황이 아님을..

세상이 새로워지고
새롭게 느껴지는 일들이 생긴다.

인생이 바닥을 치고 나서는
무엇이 중요한 지 알 수 있다.

\-

인간은 타성에 젖기 쉽다.
무기력에 익숙해져서 다른 감정을 잊고산다.

\-

얼마든 편안한 마음가짐으로 살 수 있다.
노오력과 고생에 익숙해지면
스트레스를 받으며 산다.
악순환을 깨자.
매번 힘들게, 어렵게 노력하며
스트레스를 받으면 심신이 악화된다.
어디서 떡상이 올지 모른다.
언제 성과가 나올까라는 답답함을 버리기로 한다.

-

시간을 지나치게 쪼개어 살면,

몸살이 난다.

자기 계발서가

새벽 4시에 일어나라, 짧게 자라고 해서

사람들이 그렇게..피로누적이 오는건가?

미라클 모닝에 소심한 반항으로

오전 10시 넘어서 일어난다.

트렌드에 따라,

유행하는 글감이 생긴다.

언제까지 글을 쓸까 생각해본다.

허튼 생각이다.

하고 싶을 때까지 하면 된다.

-

술병에 몰래 무언가를 탄다는 이야기가 있다.

술은 주문하면 바로 마셔버렸다.

'짧고 굵게'가 인생의 모토였다.

16

술은 지난 과거와 내일을 잊게 한다.

"우리같이 많이 논 애들은, 술 마시는거 이제 재미없어.
나 xx가지고 있는데 너도 줄까? 심장이 쿵쾅거린다."

뭐래..

삶에 철컹철컹을 허용할 수 없다.

어느 순간 밤거리에 흥미를 잃었다.
함께 놀던 사람들과는 금세 멀어졌다.
뭐가 그리 재미있었는지.

위험한 순간은 늘 피했다.
짝지어 다니라는 말을 명심했다.
뉴스의 사건을 보며
위험한 행동을 하지 않았음은
다행이라 여겼다.

나름 험한 세상을 대비하겠다고
복싱을 시작했다.

가진거라곤 깡이 전부였던 시절.

-

정서적 안정이 없는 상태에서
감정이 복잡하고 변덕이 심하니
연인과 헤어졌다가 만나곤 했다.
다시 만나는 이유는
보고싶어서가 아니다.
인생이 괴로우니 기댈 생각이다.

감정에 불안한 사람을 만나지 말았어야지.
자기감정 하나 못 다스리는 사람이 삶을 다스리는 능력이
있을 리가.

타인과의 관계에서 일어나는 문제를
견딜 힘이 있을 리 없다.

인생의 주도권을 내가 확실히 가지고 있지 않았다.
내가 원하는 것이 무엇인지 알아야 하는데
알지 못했다.

-

이제는 우울한 영화장면이 보기 싫다.

음울하고 시니컬한 느낌에 사로잡혀 살아왔다.

나와 같은 감성을 가진 사람을 보았다.
이렇게 보기싫은 모습이었다니.

이제는 우울한 느낌의 글, 영화들이 보기싫다.
그 음울함에서 완전히 벗어났다.

한 사람과의 이별은,
과거의 내 모습과의 작별이다.

차라리 잘 된 일이지.
새로운 내 모습을 만들어나갈 수 있다.

슬픈 일이 반복된다면, 원인이 어딘가에 존재한다.
이제 음울한 느낌은 의도적으로 피한다.

삶의 굴레에서 드디어 빠져나왔다.

-

잠시 벤치에 앉아 글을 쓴다.
지금 정리하지 않으면 머리가 아프겠지.

사람을 소유하려 들어서는 안 된다.
나의 모든 것을 의지하려 해서는 안 된다.

욕심이자 탐욕이다.
홀로 일어서야지.

욕심이 분노가 되지 않도록
애정이 애증이 되지 않도록
적당히 탐하자.

엇나간 애증과 분노는
삶을 갉아먹는다.

-

감사일기와 소원 일기를 쓰고 찢었다.

기록으로 가지고 있으면
심적으로, 물질적으로 짐이 된다.

계속해서 기억을 떠올리고
과거에 집착하게 된다.

-

어리석은 중생이라
생각과 감정에 늘 휘둘린다.

-

많은 것들이 갖춰진 삶과
기본 생활이 버거운 삶의
간극을 겪는다.

어디에 맞춰야 할 지 모르겠다.
나의 세상은 무너져갔다.

좋은 취지에서 시작한 교육봉사
견딜 수 없던 지방생활.

극과 극의 사람들을 겪으며
혼돈이 왔다.

빈부격차는 어디에나 존재하며
늘상 보인다.

정책을 만드는 자와
정책이 필요한 자는
서로를 이해할 수 있는가?

-

감정이 어디로 튈지 모르는 사람들 속에서
나는 이상한 사람이 되어갔다.

감정이 무너지면 인생이 무너지기 시작한다.

감정을 보살피는 방법을
배울 시간이 필요하다.

-

무엇을 해야할 지, 방황하던 시절의 심정입니다.
방황은 빨리 벗어날수록 좋겠죠? 여러 시도를 해
보았습니다. 자아성찰, 세상 바라보기 카테고리에서
에피소드를 읽으실 수 있어요.

-

<방황 금기사항>
현실을 회피하며 가만히 누워있기.

회피

두려움 앞에 도망치는 행동을, 언제까지 할 수 있을까?
사회는 냉정하다.
무책임한 행동은, 부메랑으로 되돌아온다.

-

헤어지자는 말은 불필요했다.
친구보다도 못한 관계였다.
아무 소리 없이
서로의 삶에서 사라지면 되는 일이다.

-

자존감이 높고 낮음을 생각할 겨를이 없었다.
늘 공부만 하고, 늘 무언가를 위해서 달려야만 했다.
자존감이 낮음을 발견했을 때는,
당황스러웠다.
아무렇지 않은 줄 알았다.

내 삶에는 문제가 많았다.

안 되는 시험을 포기하지 못하고,

공부만을 해 왔구나.

삶의 문제를 덮기 위해.

-

무책임은 혼자만의 문제가 아니기에,

타인에게 반드시 상처를 남긴다.

성인이라고 책임감을 가지고 있진 않았나?

무책임한 감정표현으로 연인에게 상처를 주는 일은

부지기수다.

무책임하게 말을 내뱉고, 딴 소리 하는 사람들이

얼마나 많은가.

-

문제를 감당할 자신이 없으면 피합니다. 피하다보면 늘
같은 문제가 발생합니다. 나의 문제는 타인이 해결해 줄 수
없습니다. 문제 해결을 위해 원인을 바라보기 시작합니다.

무기력

사람들의 구역질 나는 모습을 마주한다.
무너지지 말고 나의 할일을 잘 하자.
사람들이 싫고, 힘들다고
아무도 안 만나고,
할 일을 하지 않으면 결국엔 나만 손해다.

무기력에 빠졌다가
정신을 차렸을 때는
시간은 훌쩍 지나가고 나이는 들었다.

-

나의 학창시절 트라우마는
끊임없는 학원 뺑뺑이다.
학교가 끝난 후 부터 오후 10시까지
학원과 과외가 이어졌다.
한 달에 두어 번, 큰 학교에 갇히는 꿈을 꾼다.
교실을 찾지 못하고, 영원히 학교를 다닌다.
누군가에게는 간절히 다니고 싶은 학원이겠지만..
내겐 악몽이다.

수능시절, 여러 명의 아이들이 세상을 떠났다.
점수에 대한 압박감, 갑작스러운 죽음들.
한 번 즈음은 학교에서 마주 친 친구들이다.

고등학생 때, 자퇴를 했어야 했다.
무조건 자퇴를 했어야 했다.
자퇴를 했다면, 나는 그 끔찍한 소식들을
듣지 않을 수 있었다.
사람들이 어떤 모습으로 변했는지 똑똑히 기억한다.
기억력이 쓸데없이 좋다.

시간이 지나고 나서야 엄청난 무기력함을 맞닥뜨렸다.
나를 짓누르는 무기력함은 성인이 되어서도 계속된다.
학원다닐 시간에 여행이나 다닐 걸.
무기력에 익숙해졌음을 깨달았을 땐, 너무 늦었다.

-

무기력의 원인을 없애려면,
환경 조성이 필요하다.

이것도 싫다 저것도 싫다면
아무것도 해줄 수 없다.

-

작은 일에 스트레스 받으면 힘들다.
자꾸 힘들고 버틴다는 느낌을 지워나가야지.
힘들다는 생각이 사람을 더 힘들게 한다.

-

새벽 4시에 잠들면
예술가처럼 작곡하고
그림 그려야 할 것 같다.

새벽 감성 글은 원치 않는다.

새벽에 올라오는 심각한 글.
누군가가 슬쩍 삭제했는지
알고 있어도 모른척하자.

-

사람들이 어린 시절의 **PTSD**를 없애기를 바란다.
작은 고통의 시작이, 죽음으로 귀결되는 생각 회로.

무감각해져서 행복을 모를 때는
죽어가는 감각을 되살리기 바란다.
극단적 자극은 그만 찾기를.

-

감사일기를 처음 쓸 때
감사할 일이 하나도 없었다.

어디서부터 잘못되었지?

뭔가가 잘못되었다.
선물받은 감사일기장은 덩그러니 놓여있다.

부정적인 생각이 가득하면
감사할 거리가 없다.

-

이력서를 준비하며
극적인 상황 돌파 예시를
적으란다.

외국에서 사업 벌인 경험과
왜 비교를 할까.

이걸 내가 왜 해야 해?
뭐가 아쉬워서?
극적인 연출을 해야할까.

그렇게 허무주의에 빠졌다.

-

울고 있는 나를 달래주기는 커녕
그 사람은 웃어 보였다.

사이코패스의 소름 끼치는 웃음이 아닌,
상대를 안심시키려는 웃음이다.

그 순간 내 머릿속에는
늘 울고있는 엄마와
달래주다 지쳐
웃어보이는
어린아이의 모습이 떠올랐다.

온몸이 굳어지고 생각이 멈췄다.

'이제 그만 끝내야 겠다.'

-

감정이 불안한 사람곁에 있거나, 원치않는 상황에 오래
노출되면 무기력해집니다. 아무것도 하지 않는게 답이라
생각했으나, 별로 도움이 되진 않더라고요. 무기력하고
감정이 무뎌질 때는, 먼저 부정적인 생각을 비워냅니다.

받아들임

같이 사는 가족은 서로를 이해할 수 없다.
배우자에게 기대를 하지 않으려 한다.
사람에 대한 기대를 하지 말자.
혼자가 아니라고 느끼게 해 주는 사람이면 된다.
힘들 때는 같이 있으면 좋겠다.
더 바랄 게 없다.

포기가 아닌, 받아들임이다.

-

아쉬울 게 없는 삶을 살고 있다.
돈은 소유할 수 없다고 생각하면 편하다.
그러면 또 내게 흘러들어오고 나가고
들어오는 돈이 더 많으면 된다.

-

사람은 소유할 수 없다.

사람은 이기적이고 모순적임을
인정하면 편하다.

-

물건의 가치에는 노동력과 노력
아이디에 대한 비용이 담겨있다.

싼 물건을 찾으려다 많은 것을 놓친다.
시야를 넓혀가면서 기회비용과 시간을 보는
관점을 만들어 나가야지.

-

혼자만 이익을 얻으려는
편협한 시선으로 무엇을 해낼 수 있을까.

사람에 대한 고민은 흔하다.
자리가 잡히면 걱정하지 않아도 된다.

그릇의 크기만큼 받아들이는 사람의 범주가
넓어진다.

삶은 그렇게 흘러왔다.
상황은 늘 가변적이다.
상황이 좋아지면 주변인이 바뀐다.
어떻게 바뀌어갈지 모르는 미래,
걱정은 의미가 없다.
아이고 의미없다!

-

마음을 조금 편안히
급박한 상황에 스트레스 받지 말자.

삶에 탑승하는 느낌으로!

-

웃고 싶을 때 웃고,
슬플 때 우는 일은
누군가에겐 당연한 일이다.

감정체계가 고장나면

감정을 알아차릴 수 없다.

엉망이 되기 전에,
감정을 비워볼까요?

-

인간관계-자아성찰

사람은 여러 면모를 가지고 있다.
단면만 보고 판단하지말자.

-

스스로의 말에 책임지는
사람을 만나야 했는데..
선택을 잘못했다.
순간의 선택이 평생의 고통을 가져온다.

-

부정적인 에너지 뱀파이어들을 만나고 살았구나.
나 또한 부정적 에너지로 가득했다.
타인만을 비난하고, 나의 단점을 잊었다.
스스로가 얼마나 엉망으로 살아왔는지
이제야 보인다.

-

아무리 좋은 이야기라도
와닿지 않는 사람에게 강요하면,
폭력이 될 수 있다.

아무리 뛰어난 깨달음을 얻었다 해도
누군가에게 강요하거나
자기계발적인 대화를 꺼내는 일은
없애려 한다.

궁금해한다면 나의 경험을 일부 말한다.
서로에게 맞는 대화를 해야지,
안 그럼 지루하잖아?

-

영어 과외를 하면서
말을 쉽게 풀어쓰는 연습이 된다.
머리가 아프지만, 값진 시간이다.
단어 바꾸기 기술을 알려 준 사람들은
엄청나게 똑똑하구나.

글을 쓰고, 타자의 시선으로 수정해 올려봐야겠다.

-

타인의 말을 수용하기 위해,
그릇을 키우자.

자고 일어났더니 로또 당첨되면
돈 그릇이 커지나?

그래서 옹졸한 사람은
그릇이 작아서
받아들이지 못 한다는 말이구나.
나의 그릇을 알고 분수를 알고
역량 파악을 잘 하자.
삶이 단순해지도록.

-

노력으로 안 되는
능력밖의 일을 한다고
시간을 허비하지 말자.

-

같은 나이에 살아가는 모습이 다르다.
모두에게 삶은 같은 모습이 아니다.
각자의 삶은 소중하며
타인의 삶을 내가 감히 판단할 자격은 없다.

-

"유명인 되기."라는 목표를 잡는다고
아무나 되지 않는다.

유명세를 감당할 그릇과
남들과 다른 매력이 있어야지.

유명인의 삶은 얼마나 피곤할까.
나의 일거수 일투족이 감시 당한다면
매일 숨어 다니겠지.

잃을 게 많은 사람이 되면,
행동을 조심하게 된다.

반면, 잃을 게 없다는 태도는 위험하다.

자전거를 묶어 놓으면, 안장을 떼어가듯.
가진게 없다고 생각해도
잃을 것들이 남아있다.

이번 생은 망했다고 막 살지 말고,
행동과 말을 신중하게.

-

세상은 넓고 나는 행인 중 한명이다.

뛰어난 사람,
똑똑한 사람
위로 올려다보아도
아래로 내려다보아도
한도 끝도 없다.

-

인생을 거저먹으려고 드는 사람이 싫다.
"공짜는 없다."를 명심하면서
내게 적용을 해야지.

-

이연복 셰프님의
'방법을 안다고 똑같은 맛을 내지 못한다.'는 말에
깊은 뜻이 있구나?

맞아.
스파게티가 그렇다.

집에서 조리하면
레스토랑의 맛이 절대 안 나온다.

이탈리아산 스파게티 재료라고 해도 말이다.

아..

방법을 조금만 알아도
일취월장하는 분야.

그것이 재능입니다.

-

몇 개월에 몇 점의 승산이
있겠다는 계산은
공부 경험이 쌓여야 가능할 수 있다.

벼락치기 방법을 이미 아는 사람은
검색을 하지 않는다.

누군가의 성공이
자신에게도 해당할 거라는
착각은 금물이다.

-

하루하루가 쌓이다 보면,
인생 잭팟이 한 번은 터진다.

잭팟의 순간을 위해

기회를 잡는 눈을 길러야 하고,
항상 겸손하게 살아야겠다.

나 잘났다, 내가 옳다는 생각으로 살면
도와주려는 사람들이 떠난다.

그렇게 기회를 놓친다.
기회가 온 줄도 모르고.

-

어릴 적 나의 이상형은
감정을 잘 다스리는 사람이었다.

감정을 다스리지 못하면,
아무리 높은 자리에 있어도
한순간에 망할 수 있다.

감정을 잘 다스리는 사람을 만났는가?
생각대로 삶이 흘러가지 않았다네.

되돌아보면, 나의 감정은 엉망이었다.

-

사건을 복기하듯,
인생의 실수를 복기한다.

인생 오답노트를 만들자.

같은 실수를 하는 이유는,
늘 같은 선택과 행동을 하며
살아왔기에 그런가?

-

외로움을 달래는 방법은
이 지구상에 나와 맞는 사람이
어디엔가 있다는 믿음을 갖기이다.

외로워! 나는 왜 이럴까? 생각해 봤자 뭐 할까.

달라질 게 없다.

생산성이 없다는 뜻이다.

-

부정적인 생각은 강력한 에너지를 지니고 있다.

부정적인 생각 때문에
한 사람이 떠남을 알면서도
빠져나오지 못한다.

나름의 기분 좋음이 생기는가?
그렇다.

우울감에 계속 빠지면,
기분이 좋다고 착각하기도 하지.

-

기껏 일기에 헛소리를 늘어놓고 있다.
대단한, 보이기에 좋은 일기를
써야 할 것 같다.

모든 글에 교훈과 감성 한 스푼을.
꾸역꾸역 넣기 싫은데.

-

최근 나의 화두는
'세상에 영원한 것은 없다.'

하나의 일을 하는 시대가 아니다.
조직생활을 계속한다면
나는 꼰대가 되겠지.

집단 분위기가 사람 성격을 형성한다.

특정 조직에서
갑자기 본성이 나오는 이유가 뭘까?
환경이 조성되면, 숨겨왔던 성격이 나온다.

-

같은 사건을 겪을 때
사람마다 관점이 다르다.

나는 사이코의 모든 행동을 수상하게 본 반면
눈치 못 챈 사람에게는 일반인처럼 보이겠지.

차라리 모르는 게 약일까?
증거가 없으니 신고도 불가능하다.
살기위해, 도망만이 답이었다.

-

자존감이 생후 6-7년 내에 결정된다는 결과가 있다.
선천적 성향이 중요하다는 생각이 든다.

재능에다 노력까지 겸비한 사람은 넘사벽이다.

뛰어난 사람이 많은데
중간이라도 가며 살 수 있을까?

-

일어나지 않을 일 걱정 하지말고

논리적으로 사고를 연결하자.

-

아무것도 안 하는 연습을 해 본다.

시간이 남을 때 생기는 불안감을 버리려다
빈둥빈둥으로 바뀌었다.

긴장하고 열 내며 사는 방식을 버리니 게을러졌어요.
중간이 없다.

-

사람에 대한 호기심은
나를 피곤하게 만들었다.

삶에 집중하기 위해
호기심을 버려본다.

-

타인이 대신 결정해주길 바라는 이유?

혼자하는 두려움 회피.

가보지 않은 길에 확신이 없으니

리스크를 감당하지 않을 수 있다.

책임을 전가할 수 있다.

-

시비거는 사람에겐

그들이 원하는 반응을 하지 않으면 된다.

조용한 공간에서

소란을 만들어내는 이유는 뭘까?

무미건조하고 심심하니까?

시끄러운 삶에 중독되어서?

-

의욕이 없던 시기가 지났다.

유튜브에서 암환자의 마지막 인사,

브이로그 영상을 봤다.
시간이 소중해진다.
영상을 보고
게임중독 끊었다는 댓글을 읽다니
감동적이다.

-

자존감이 무엇인가
깨우쳐야하지 않겠는가?

똥차가 지나 간 자리에
똥차만 온다는 말에 일리가 있다.

벤츠가 온다는 건..
일말의 희망을 주기위해
하는 말.

어릴 적엔 사람 보는 눈이 없으니까 패스
나이가 들면
문제가 내게 있는가 되돌아봐야지.

\-

사람으로 태어났으니
생각을 하며
발전하며 살고싶다.

\-

공부를 열심히 하는 경험은
커서도 노오력의 자세를 갖추고
삶을 살아가는 원동력이 된다.

지겹도록 억지로 공부하다
성인이 되어 술독에 빠지기도 하지만..

뭐든 적당히, 스스로를 조절하면서 살자!

\-

지난 날을 투영하지 않기 위해
조심스레 기억을 지워냈다.

생각과 감정의 도돌이표는 사람을 괴롭게 하지.
다른 사람과 같은 상황에 놓이면 투영이 시작된다.
나쁜 기억이 떠오른다면 그 순간 비워내야지.

-

책 리뷰를 올리며
어휘력이 강해졌음을 느낀다.
사람들 눈에 안 보여도
내가 먼저 깨닫는 부분이다.

-

입이 무거운 사람이 좋다.
가벼운 입이
없는 말을
만들어내면
인생 피곤하지.

-

나르시시스트 영상에는

그 사람에게 복수하고 싶다는
댓글이 있다.

인연을 끊는 것이 복수다.
복수하려다 더 다친다.

대화를 할 수록
그들은 사람을 돌아버리게 만드니까.

-

혼자하기 힘들어서
모임을 찾다 드는 생각.
"의지박약해서 혼자서 못 하는가?"

맞아. 인간은 나약하다.
환경을 무시할 수 없다.
노력만으로 안 된다.

운칠기삼.
운이 좋았다는 말이 겸손으로 들리겠지만
잘 되려면 운이 있어야지.

교수님들께서 강조하신
교수채용시기와 입국 타이밍을 떠올려보자.

-

사람을 보는 관점이 바뀌었다.
타인은 살면서 어떤 일을 겪었을까를
떠올려본다.

사람은 각자의 슬픔이 있다.

-

아무 말 대잔치 글을 올리면서
사람들이 어느 선까지 받아들이는가
무엇을 궁금해하는가를 알아갔다.

누구나 보이고 싶지 않은
면모를 가지고 있고
사람은 완벽하지 않음을 깨달았다.

최근 경계하는 행동은,

겪지 않은 일을 함부로 말하는 것이다.

지적하면서 우월감을 느끼는 행동이다.

-

감정에 솔직하라는 말은

감정을 알아 차리라는 뜻이다.

감정을 적나라하게 드러낸다?

나의 패를 보여주게 된다.

-

세상을 떠나려는 사람을

붙잡아두는 일이

나만의 관점으로 봤을 때

옳은 일이고

이기심이라는 판단을 내렸다.

상대는 원치 않을 수 있다.

-

타인의 귀여운 일상을 구경하면
나름의 재미가 보인다.

그렇다면?

나의 삶에도 나름
귀여운 행복이 숨어있나 찾아봐야지.

-

너보다 힘든 사람 많다는 말을
행복해 보이는 사람에게는
숨겨진 슬픔이 있다고 바꿔봅시다.

사람들이 나를 한량이라 봐도
실제로 한량은 아니듯이!

-

공허함을 시끄러움으로 채우다 보니
인생이 엇나갔다.

<이방인>책을 자주 읽었다.

어디에도 속하지 않는
사람이 되고 싶었다.

-

어릴 적엔 성공한 사람이 되고 싶었다.
사람들이 내게 피해를 안 줬으면 좋겠고
알아서 선을 지켜줄 거라 착각했다.

하나는 알고 둘은 모르는
일차원적 사고방식.

-

"너는 왜 그래?"
제일 듣기 싫은 말이다.

더 기분 나쁜 말.
"왜 저래?너는 왜 그렇게 예민해?"

니들이 어쩔 것이여.
사람 하나 바보 만들기 쉽다.
멀쩡한 사람은 코너에 몰려
낙인 찍힌다.

어울리는 사람들을 잘 선택해야 한다.
이상한 조직이다 싶으면
빨리 나와야
마음의 상처가 덜 생긴다.

-

긍정적인 측면을 보며 살자는
다짐을 하면서도
구역질 나는 면을 본다.

사랑이란 단어가 역겨운 이유는
가스라이팅과 행복한 척하는
모습에 반감을 가졌기 때문이다.

생각을 바꿔야겠다.
진정한 사랑은 겉으로
포장하지 않으며,
진정한 사랑이 없으면
세상이 돌아가지 않는다.

\-

1~2년에 한 번씩
몸에 해로운 물질을
끊는 시간을 가진다.

그것은 **CLEAN**.
커피끊기가 제일 쉬워 보이나
고난이도.

\-

분쟁이 생길 때마다
말이 바뀌는 사람은 스트레스를 준다.
처음부터 모든 변수를 계산할 수 없다.

예상치 못한 행동을 하지 않을 사람.
변수가 적은 사람을 만나면 해결될까?

어리석게도
내가 만든 함정에 빠졌다.

-

자살한 사람의 집을 청소하는
<바이오해저드 김새별>영상을 보았다.

"자살을 생각하시는 분들의
마음을 돌려보기 위해
채널을 시작하였습니다."
문구가 눈에 들어온다.

자살을 생각하는 사람에겐
어떤 위로도 되지 않는다고 생각해서
말을 잘 꺼내지 않게 된다.

그들의 결정이니까
왈가왈부 할 수 없다.

-

아르바이트를 해 보면
어떤 행동을 하지 말아야 하는지
알게 된다.

그렇네..

사람 대하는 법을 배우는
인생에 필요한 과정.

누군가가 암기과목처럼
가르쳐주지 않는다.

새벽부터 일어나 빵을 구워보면
빵을 공짜로 달라는
소리는 못 꺼내겠지.

-

<불행 피하기 기술>책에 나온
아싸 특징.
당신이 얼마를 벌던지,
어디 살던지,
어떤 직급인지 관심이 없다.

그 사람이 바로 나예요.
안 궁금한 스펙
부풀려 말하지 말기를
인간다운 사람이 좋다.

-

사회에서 허용하는 행동기준,
사람 간 거리에 흔들림이 생기면
믿지 않아야 할 사람을 믿고
믿어야 할 사람은 믿지 않는
아이러니가 생긴다.

-

사기꾼은 외로움을 공략한다.
헛된 바람과
외로움을 달래주며
자금을 앗아간다.

요행을 바라는 마음이 덫에 걸려 들었나?

-

<소시오패스>

미사여구가 많고
알맹이 없는 글은 읽히지 않듯,
허풍 속에 요점이 없는
말에는 귀가 닫힌다.
초점없이 허공에 떠다니는
눈빛에는 눈길이 가지 않는다.

-

스스로를 미워한다고
거울 속 모습을 회피하지 말자.

내 얼굴을 내가 많이 봐야지.
누가 봐주겠는가.

-

어쩌면 내가 주변인에 대해
아는 모습은
일부라는 생각이 든다.

그들도 나의 일부만을 알겠지.
어떻게 한 사람의 모든 면을 알겠어.

-

대화에는 기브 앤 테이크.
타인에 대해 물어보고 싶다면
나의 이야기를 먼저 풀어보자.

-

다른 사람들과의 관계속에서 나는 어떤 사람인가, 어떻게
살아야 할 것인가를 적어보았습니다. 부정적인 감정과
기억들을 비우고 정체성을 만드는 단계입니다.

명상

명상을 하면서 깨닫는다.
사람은 서로 연결되어 있음을.

헛소리같이 들리는가?
멀리 떨어져 있어도
사람들은 에너지로 연결된다.

무슨 일이 생기면, 멀리 있어도
신호를 받는다.

보이는 것보다 보이지 않는 것들에 의미가 있다.
보이는 모습으로 사람을 함부로 판단해서는 안 된다.

-

꿈을 기록한다.
현실에 답이 없을 때는, 꿈에서 답이 나올 수 있다.

-

넓은 우주에서 나는 미물에 불과하다.
큰 우주 속에서 걱정과 불안은 작아진다.

-

극단적인 사람을 만나거나, 일이 일어날 때는
하늘이 내게
알아차리라는 신호를 주나 보다.

주의가 흐트러지면
불필요한 일에 시선이 간다.

-

명상글을 보면
정말로 깨달은 사람들은 댓글에 없다.
재야의 고수는 숨어 있나요?

-

명상 방법을 누군가에게 알려주는 일은 없겠지.

능력 밖의 일이다.
명상을 잘못하면
망상증이 된다는 이야기가 있다.

현실을 먼저 받아들이기까지의
과정이 있어야지.

어설프게 하면
안 하느니만 못하다.

명상한다고
세상과 동떨어진
비현실적 이야기를 하는
상황은 원치 않는다.

-

명상을 시작한 이후로 맞지 않았던
사람과의 인연이 끊겼다.
좋으면 좋았지
나쁜 경험이 아니다.
주파수를 바꾸고

행동을 달리하면 된다.

-

사람은 누구나
편안한 상태로 태어난다.
켜켜이 쌓인 고통에 익숙해졌을 뿐.

주문을 외우자.
"스트레스, 그게 뭐죠?"

-

명상을 하며 마음을 비워봅니다.

행운

지금까지의 삶이
모두 잘못되고, 엉망이고
내게 남은 것은 아무것도 없다고 생각했다.

나의 여정이, 괜찮은 삶이라는 말은
처음 들었다.

지난 날을,
타인을 통해 새로이 해석한다.

-

상대방의 문제점을 지적하지 않기 시작했다.
바라는 일이 없어졌다.
약속을 늘어놓지 않고, 행동으로 진심을 보여주기로 한다.
나의 두려움들을 비워내고, 사랑으로 채웠다.
아쉬움이 남지 않았다.

-

스쳐 지나가는 인연이 아쉽지 않다.

삶을 찾아가는 과정에서

함께하는 사람이 있다는 것.

얼마나 가치있는 일인가?

-

시름시름 앓으며 살아가던 나날들.

아웃풋을 생각하여 선택한 학과는

그들만의 문화로

사생활을 지나치게 간섭했다.

그들은 지나치게 모였다.

내가 어디서 무얼 하는지 다 알고 있다.

다시 떠올려도 끔찍하다.

감정과 표정이 굳어져갔다.

오늘이 몇월며칠인지 모르겠다.

정문앞을 힘없이 걸어가다

교수님께 인사를 드렸다.

'시간나면 연구실로 올래?'

한 번도 따로 이야기를 나눠 본 적이 없다.
며칠 뒤, 연구실로 갔다.

"너 요즘 힘든 일 있니?"

눈물밖에 나오지 않았다.
모든 것들이 억눌린 생활.
술을 마시지 않으면, 잠이 오지 않는다고 말했다.

누군가는 교수님 앞에서
철없는 말을 한다고 여기겠지.

매일 술이 없으면 잠들지 못하고,
내일이 기대되지 않는 생활이었다.

"무전여행을 추천하고 싶다. 너는 다른 경험이
필요하다. 너무 힘들면 학교를 일단 휴학해라. 부모님은
휴학을 보통 반대하실 거야. 휴학하고 나서 학교에 돌아 올
이유가 없다면, 학교에 돌아오지 않아도 된다. 부모님께는
어떤 미친 교수가 학교를 오지 말라했다고 전해드려라."

그날은 어떻게 흘러갔는지 모르겠다.

다음 날, 옷가지를 조금 챙겨서 수중에 약간의 돈을 가지고
떠났다. 기말고사 기간이었다.
입맛도 없는 나날들 기말고사가 무슨 소용인가.
기숙사를 벗어나, 새로운 죽을 장소를 선택하자는
심산이었다.

터미널에서 지역 리스트를 보았다.
조용한 바닷가에 가기로 한다.
나 빼고 다들 놀러 온 듯한 분위기.
다들 행복해보인다.

새로운 지역에 도착하면,
지도를 챙겨서 여행명소로 갔다.
죽음을 생각하는 와중에, 새로운 곳에 가 보고 싶었다.

전혀 가본 적 없는,
시골 지역 바닷가에 도착했다.
관광공원을 혼자 돌다,
사진을 남기고 싶어졌다.

일하고 계신 아저씨께,

디카로 사진을 남겨달라고 부탁드렸다.

혼자 온 게 이상해 보였는지, 말을 거셨다.

다른 사람들을 소개해주셨다.

비수기라 한가하니, 드라이브를 하러 같이 가자고 하신다.

같이 간 형은, 태국 가이드를 하다 한국에 왔다.

아버지께서 돌아가신 후로 고향으로 왔단다.

TV를 틀어놓은 듯, 흥미로운 이야기를 들려줬다.

잠자코 듣고 있었다.

저녁에는 동네 사람들과 소개하는 시간을 가졌다.

시골에는 늘 보던 사람들이라,

새로운 사람이 오면 신기하단다.

학교에서의 나는,

간섭받기 싫어 늘 숨어다녔는데

이곳에서의 내 모습은 달랐다.

그날 잡아 온 생물들을 회로 떠먹었다.

서울에서 먹던 맛과 차원이 다르다.

음식이 맛있고, 사람들과 함께하니

즐겁다는 생각뿐이다.

웃기는 일이다.

사람들의 관심이, 기분 나쁘지 않았다.

오늘 처음 만난 아이라고 나를 소개하다니.

도시에서는 상상도 못할 일이다.

피곤해서 일찍 잠들기로 했다.

그들이 운영하는 숙박업소에서 자도 된단다.

시골이라 숙소 찾기가 막막했는데, 정말 감사한 일이다.

그들은 대부분 관광업에 종사하고,

돈을 쓸 일이 거의 없단다.

아침이 되면, 한식 뷔페에 모여 밥을 먹는다.

이른 시간에 잠수복을 입고, 물질을 한다.

그 시간동안 나는 바닷가를 거닐며

사진을 찍고 놀았다.

그러고 보니,

여기 왜 왔는지 잊었다.

이분들의 삶이 꽤 재밌어보인다.

우울한 사람에게는

새로운 먹거리와 경험, 따뜻한 관심이 필요하다.

우울해하는 친구에게 치킨부터 사주자고 말한다.

맛있는 음식 먼저 먹고 생각하자.

새롭고 재밌는 경험을 더하면

생각이 달라진다.

-

학습 블로그를 시작하면서, 유튜브를 슬쩍 손대보았다.

소비자의 입장에서는 1만 조회수 이상 영상들이

알고리즘에 뜬다.

생산자의 입장에서는 1천 구독자 모으기가 어려운 일이다.

혼자서 긴 호흡을 이끌어가고

썸네일을 위한 카피라이팅 공부가 필요하다.

전문 유튜버들의 발음은 어찌나 또렷한 지.

나 빼고 다들 뛰어난 사람들이다.

그냥 올려봐야지. 별 수 있나?

영상을 올리고 나서 스트레스가 몰려왔다.
혼자서 해 보고, 나중에 전문가의 도움을 받지 뭐.

그렇게 유튜브를 방치하며 3주가 흘렀다.

오랜만에 들어갔더니 댓글이 있다.
다음 영상에 관한 문의와

다른 하나는..

"초창기에 구독했어요! 꾸준히 하시면 구독자
떡상하실거예요. 계속 파이팅 해주세요 ㅎㅎ"

살면서 이런 댓글을 받아보고 감격스럽다.
성인이라고 다를 게 없다. 좋은말 해 주면 아이처럼 기분이
좋다.

-

지방 생활은 적응하기 힘들었다.
몸과 마음이 내 것이 아닌 상태로
편입학원에 들어갔다.

게시판에 붙은 단어 스터디 쪽지가
눈에 들어왔다.
스터디장 형님은 29살에 회사를 관두고
편입에 적절한 인생 시기를 맞춰 오셨다.

사람들과의 대화가 어색했다.
더듬더듬 이야기를 이어간다.

"그럼 문법 정리할 겸
저랑 같이 공부진도를 나갑시다."

영어 전공자에게 배우다니,
어디서 이런 기회를 얻을 수 있을까.
한달 반 동안 카페에서 공부가 이어졌다.

중,고등 검정고시를 친 사연,
삶에 여러 사건이 얽혀있는듯 했으나
실례가 될까 봐 자세한 상황을
절대로 묻지 않았다.

나는 아무것도 해 드린게 없음을

발견했을 때는 너무 늦었다.

내면의 복잡함으로

그저 살아있음이 힘든 나날들.

공황장애와 우울증 고백에

"손목을 볼까요? 그은 흔적이 없죠?

그럼 괜찮습니다. 원하시면 병원을 소개해 드릴게요."

머리가 멍해져서 아무 대답도 하지 못했다.

지하철에서 우연히 마주친 형님은

미국으로 떠날 예정이라 하셨다.

어디서든 잘 살고 계실 분.

시간이 흘러 베풂의 마음가짐이 생겼다.

지금의 나는 사람들에게 도움이 될

영어공부 자료를 올린다.

누군가의 도움으로 인생이 바뀐다.

-

사람들과 대학가에서 식사를 했다.
아주머니께서 학생들 열심히
공부하라고 밥값을 내주고 가셨다.

"그래, 이거다."
다음엔 나도 해 봐야지.

-

나는 네 얘기가 궁금하다는 말을 들었다.
말을 잘 안해서 궁금했나?

-

사람들을 만나며 삶은 새로운 방향으로 흐릅니다. 우연히
마주친 사람들, 행운에 대하여 적어보았습니다.

변화

타투를 할 수록, 감정을 소모하는 시간이 줄어든다.
삶의 중요 가치를 몸에 새겼으니
이것만 신경쓰고 살면 된다.
변화를 싫어하는 사람에게, 타투를 추천해본다.
안 하던 일을 해 보면서, 인생이 풀린다.

-

사람은 변할 수 있다.
삶이 여유로워지면
무엇이든 자유로이 선택하고 경험할 수 있다.

좋은 사람들과 함께라면
힘든 일을 헤쳐나갈 수 있는 에너지가 나온다.

누구를 만나느냐에 따라 삶이 달라진다.
상처 받았다고, 세상 떠날 때까지
방에 갇혀 홀로 살지는 않았으면 좋겠다.

-

글 계정을 운영하면서 정말 밝아지고
긍정적으로 변했다.
외골수로 틀혀박혀 공부만 하던 시간들.
사람들 만나기를 왜 귀찮아 했을까.
아까운 시간들. 진작에 글쓰기를 할 걸.

-

블로그에 일기를 쓰곤 했다.
생각나는 대로..
겪은 일과 생각들을 적었다.
어느 순간, 사람들이 꾸준히 들어오기 시작한다.
누군가는 나의 정체를 궁금해하고,
경험담이 맞냐는 물음을 남기고 가곤 한다.
나와 왜 이야기하고 싶은지는 모르겠지만..

내가 드러나는 일이 두렵다.
어떤 내용까지 사람들에게 받아들여질지 모르겠다.

글을 지우고

다시 새로운 공간에 적는 일을 관두기로 했다.

수많은 사람들이 세상을 살아가니까
같은 일을 겪은 누군가는 공감을 하겠지.

-

항상 지지해주는 사람들이 있다.
고립된 생각이 더 외롭게 만든다는 생각을
이제서야 해 본다.

아무리 친구가 없더라도
사람 사귀기 귀찮더라도
다들 친구 한 명은 있잖아?

혼자라는 생각을 스스로 하면서
더 괴롭게 만들며 살아왔다.

어릴 때 깨달았다면,
학창시절이 덜 힘들었을까?

-

일부러 외롭고, 우울한 노래를
찾아듣는 일은
전혀 도움이 되지 않는다.

마음가짐을 바꾸는 일이 우선이다.
외롭다는 생각을 하고 살면,
날 외롭게 하는 사람을 만날 가능성이 높다.

-

걱정은 사람을 갉아 먹는다.
걱정을 없애고, 잡념을 없애면 삶이 간단해진다.

삶이 간단해지면,
원하는 바가 무엇인지 명확히 알 수 있다.
매일 글을 쓰고, 되돌아보고,
명상을 한다.
코로나는 미래를 대비하기에
좋은 시기이다.

\-

마지막 시험이 끝나고, 더는 공부를 할 수 없다고 판단했다.
주변에 수험생만 있으면, 안 좋은 이유가 있다.
그들은 자꾸 시험에 도전하라는 말을 하기 때문이다.
한 번 때려치운다고 난리 쳤는데,
그들이 도와줄 테니 더 해보라고 했다.

그들의 뜻이 있었겠지만..
진작에 때려치웠어야 했다.
나보다 나이 많은 사람들이 있고,
수험생 외의 삶들은 볼 일이 적어진다.
세상살이에 대한 감각이 사라진다.

시험을 꾸역꾸역 준비하기 위해 들어간
산속고시원에서는 사이코패스가
교묘히 범죄를 저질렀다.
안 될 시험이니 고난이 연속으로 일어났나보다.
합격자 명단에 이름이 없는 걸 보고
"그렇구나."하고 넘어갔다.

일주일이 지났다.

영어 과외를 해야겠다는 생각이 번쩍 들었다.

블로그에 문제를 올리면 사람들이 검색해서 들어오겠지.

일단 해봐야지 뭐.

과외 공지글을 써 본다.

한 달 뒤부터 연락이 오기 시작했다.

영어는 국어와 연결되기 때문에 용어들을 한국어로 다시

풀어서 말하고, 수험생 눈높이에 맞게 설명해야 했다.

머리가 엄청 아프다.

아, 학원 강사로 잘 풀리면 돈을 왜 많이 버는지 알겠다.

교사 월급이 엄청 적다고 처음으로 생각해본다.

에너지 소모가 엄청나구나.

성인 수험 과외는

합격 여부가 중요하고

시간이 한정되어 있으니

신경을 자꾸 쓰게 된다.

건강이 나빠지기 전에 관두어야지.

어릴 적 과외선생님들은 바빠서,

쉬는 시간에 김밥으로 식사를 때우셨다.

그 모습, 내가 그대로 살고있다.

그들은 결국 돈독이 오른 모습으로 기억되는데,
나 또한 그렇게 살까 두려워서
일찍 관둔 이유가 있다.

이렇게 과외가 막을 내린다.

-

편안하게 살자.
새벽 기상은 나를 괴롭게 한다.
템플스테이는 새벽 공양이 힘드니 패스.
새벽부터 일어나 일출보는 여행은 힘들다.

여행에서는 오전 9시즈음
느지막이 일어난다.
오후 8시 즈음 숙소로 돌아온다.
환경의 변화에서 편안함을 얻었다.
서울을 떠나오니 에너지 소모가 줄었다.

뭐 하나 하려면 예약하고 기다리고..
인구밀도에서 오는 스트레스.

지하철에서 사소한 일로
언성을 높이는 장면들.
멀뚱멀뚱 스마트폰으로 촬영하는 사람들.

길 가다 부딪히는 일은 부지기수.
지나치게 차려 입느라 시간 낭비.

나도 모르게 하는 과소비들.
원치않는 관계들.

지금 사는 이곳은 휠체어 탄 사람들을 배려해주고
강아지를 경계하는 사람이 없다.
부딪히면 서로에게 사과한다.
사람들이 다양한 레저를 즐긴다.
카페에서 자리 맡기위해 애쓰지 않아도 된다.
예약없이 바로 할 수 있는 일이 많다.

서울에서 어떻게 살아왔는지 모르겠다.
많은 시간들을 낭비했다.
주의분산으로 놓쳐 온 일들이 많다.

이제야 사람이 살아있는 기분이다.

-

우울증 관련 모임에 나갔다.

완전히 우울증이 낫고 나서는
사람들과 따로 연락하지 않았다.

그 이유는?
이젠 벗어났으니
우울한 일에 대해
더 이상 이야기하기 싫다.

과거가 지나갔고, 해결되면
앞으로 새로운 마음가짐으로 살아가면 된다.

우울증 일기가 극복의 과정에서
끝나면 좋겠다.

우울한 일을 떠올리고
우울한 사람들 만나서 슬픈 이야기하면서

애써 우울함에 머무르고 싶지 않다.

행복이 익숙지 않고,
불안이 가득하면

행복이 올까?

-

만약 내가 변화에 대한 두려움을 안고 살아갔다면

여전히 불안하고
힘들고
괴롭겠지.

하지만 변화를 선택했다.

관계적으로 불안해도
나의 감정을 비워내기에 집중한다.
두려움에서 벗어난 자유로움이여
내게로 오라.

\-

김: 김밥에 많은 재료가 들어간다.

리: 리듬에 맞춰 야채를 차곡차곡 쌓아 올리고 :-)

치: 치즈도 올리면 맛있겠지?

\-

말로 전달되지 않는 감정 조각이

글을 통해 느껴질 때가 있다.

글은 하나의 표현수단이다.

<이방인>을 다시 읽었을 때는,

자아가 이질적으로 분리된 느낌이었다.

아! 작품에 지나치게 몰두하지 말아야지.

감정 이입대상이 글로 옮겨오다니,

감정공감능력에 적정선이 필요하다.

\-

나쁜 습성들을 뿌리 뽑기위해
1년은 걸리지 않을까?

습관을 만드는 66일은 최소한으로 필요한 기간이다.

지속하는 사람이 대단하고,
대부분의 사람은 그렇지 않다.

\-

10만 유튜버 영상이 알고리즘에 떠서 클릭해본다.
불과 일 년 전까지,
너무 힘들었다는 영상을 본다.

경험 많고 단단해보이는
50-60대의 사람들에게
힘든 때가 있었다니.

\-

한 단계씩 올라간다.
한 번에 다 되면, 밥벌이 못해서
힘든 사람이 없지.

과욕의 대참사를 기억하자.
뭐든 해봐야 아는 법.

-

혼자서 자리 잡는 법.

1.일기 쓰고, 경험하며 잘하는/좋아하는 일 찾기.
2.작업물 만들기.
3.본업 정립.
4.사람 만나기

역순으로 가면 안 되는 이유.
기회가 와도 준비되어 있지 않다.

-

살면서 달라질 사람은

정해져 있는가?

달라져야 한다는 신호가 올 때
도망간다면, 그대로 살 테고..
의지력과 환경까지 받쳐준다면 달라지는거고..

예전 습관을 유지하려는 사람이 더 많겠지.

하기 싫은 일을 억지로 하고
흐름에 따르지 않으면 계속 힘들어진다.

-

목소리에서 자신감을 찾으면
삶에 자신감이 생긴다.

-

글을 쓸 때 고민하는 바는

세상에 말해도 되는 내용인가?
사람들이 받아들일 수 있는가?

다른 사람들은 공감할까?

세 가지 생각이 충돌한다.

-

내가 할 수 있는 일, 생각, 가치관을
사람들과 타협하고 싶다.

-

아침 일기가 창조성을 일깨워준다는데
창조적인 사람이 되었는가?

성격은 많이 유해졌다.

-

영화든 현실이든
마음의 상처를 많이 보려했다.
사람에 대한 호기심에서
시작했으나 습관이 되었다.

술에 절은 채, 과거를 회상하는 사람들에게
감정 이입하며
영화 <블루 재스민>을 시청한다.

말하지 않은 상처를
알아차릴 필요는 없었는데.

습관처럼 음울한 영화를 찾았으나
이젠 지겨운 일이다.
밝은 영화를 보기로 한다.

-

글을 다듬어나가자.
자가 복제 문장 말고..
진부한 표현 말고..
창의성이 들어 간
문장을 쓰고 싶다.

-

올해의 인생 키워드는
자기 객관화이다.

변화의 시작점.

있는 그대로의 나를 인정하고
다른 사람을 온전하게
인정하기 위함이다.

나를 객관화하면
타인에게 불만이 줄어든다.

-

자신에게 맞는 집단은
자존감 형성에 기반이 된다.
나와 잘 맞는 사람들이
공감하고 지지해주는 안정감.
잠재력을 발휘하는 초석이다.

-

너는
작은 방 안에서
혼자 살아남기 위해
애쓰고 있었다.

순진무구한 눈빛,
만들어지다 멈춘
세상 밖으로부터의 보호막.

삶을 떠나고 싶은 마음과
살아 남고 싶은 마음의 충돌.

안전망을 벗어나
다시금 불안한 삶.

이제 그만 밖으로 나오는 건 어때?

생각 속에 파묻힌
쳇바퀴 속 고통 보다는
세상 밖 삶이 안전해.

-

운동을 시작하면서
보디빌딩에 관심이 간다.
매일매일 꾸준한 운동과
식단을 병행하다니.

그렇게 살면 나의 성격은
괴팍해지겠지?

탄수화물을 끊으면
인자함이 사라진다.

-

부정적인 기운, 생각, 사람들을
멀리하다 보면
긍정적인 일이 시작된다.

-

새로운 삶의 변화를 담았습니다. 바뀌어야 할 때, 기회를
잡아봅시다.

행동

성공하는 사람들의 습관이 피부에 와 닿는다.

벌어진 일에 대한 관점 바꾸기.

책임지기.

감정 다스리기.

결과가 나올 때까지

옳은 방향으로 노력하기.

많은 사람들이 당장 눈 앞의 결과를 바라기 때문에

결과가 나올 때까지의 시간을 견디지 못한다.

이겨내고 성실함과 꾸준함으로 무장하면

성공에 한 걸음 다가가겠지.

-

혼자서 일을 꾸려 나가며

많은 상황들을 마주하여 해결한다.

협업과는 다른 가치가 있다.

매일이 대응상태이며 새로운 경험을 한다.

-

원하는 대로 살기에 부족한 시간이다.

인생은 정말 짧다.

시간은 쏜살같이 지나간다.

나의 시간이 소중하듯,

타인의 시간 또한 소중하다.

의미 없이 시간을 낭비하고 싶지 않다.

-

미래도 현재도 나의 책임이다.

알아서 스스로 벌어야지.

사업이 거창해야만 하나?

혼자 일하는 게 사업이지.

회사 다닌다고 회사가 나를 위해주지 않는다.

스스로 일을 만들면 된다.

-

목표를 정했고, 옳은 방향이라고

확신이 들면

그 길로 나가면 된다.

중간에 자꾸 뒤돌아보고 확인하지 말고.

많은 사람들이 잘 못하는 부분이다.

결과까지의 과정은
이렇게 어렵다.

-

가만히 앉아서 기회를 기다리면 언제 할까.
갑자기 해야겠다는 생각이 들 때 바로 해야지.

-

가장 힘이 되는 말은
'다음 글 언제 올라오나요?'

누군가에게 포스팅이
공부에 도움되나보다.

나이스!

-

운동하면서 길러진 지구력은
세상을 살아갈 버팀목이 된다.

-

'돈이 안 되는 시간을 견뎌라.'

어떻게 견딥니까...

힘들어요!!!!

-

행동하며 바깥세상으로 나가는 과정을 담았습니다.
바로 결과가 나오지 않아 막막한 상태이나 꾸준히 하는
것이 최선의 방법입니다.
오랜 기간 글이 모여 한 권의 책이 되었듯
어떤 결과가 나 나올지는 아무도 모르니까요.

세상 바라보기

바깥세상에서는 성공하고 멋진 사람들을 비춘다.
사람들이 집으로 돌아오는 길, 온라인에서는
죽음, 자살, 우울, 대출, 국가지원금을 검색한다.
블로그 유입 검색어를 보면
일상 대화에 드러나지 않는 주제들이 많다.

-

인생사를 겪어 본 사람은 안다.
꾸며내지 않은 이야기임을.
아무리 타인의 이야기처럼 빗대어 적더라도
그 디테일한 감정까지는
겪지 않으면 모른다.
글을 읽으면,
자신의 이야기를 타인의 시선에서 썼다는 것을 느낀다.

-

공부 블로그에는

밝은 미래에 대한 글이 주를 이루고
재밌게 해줘야 수험생들이 좋아한다.

나 혼자 즐겁고 행복하게 사는 모습은 올리지 않는다.
적당선이 필요하다.

온라인상에서 페르소나가 필요하다.
그것은 나의 '일'이기 때문이다.
일이라는 생각을 지워서는 안 된다.
아! 이런 깨달음을 얻다니.

직장에서 트러블이 생기면,
대놓고 솔직하게 말하지는 않으니까.
블로그에도 그렇게 해서는 안 된다.

-

경험하지 않으면 공감하기 어렵고,
모든 사람이 같은 경험을 하며 살아가지 않는다.

겪어보지 않은 일에는 말을 아끼게 된다.

느그 아부지 뭐하시노?같은,
가족이야기는 결례다.

가족은 선택할 수 없고,
그들이 원해서 일어난 일이 아니니까.

-

도움엔 선의가 바탕이 되어야 한다.
의도가 보이는 선의가 아니다.

눈에 보이게,
나의 이익을 위해 친해진다고 다가가지 말라는 말이다.
상대방은 알아채고, 관계가 발전하지 않는다.

글로 배울 수 없다.
행동으로 학습하는 부분이니까.

-

자기계발서에는 노오력!의지!를 외치겠지만,
인간은 환경의 지배를 받는다.

의지와 노력만으로

여러 변수들을 다루긴 불가능하다.

자기 계발서 내용을 암기해서 무엇하리.

바깥세상은 합격자에게 스포트라이트를 비추겠지만,

유튜브에는

<공시생 x년 이제 떠납니다>

조회수가 10만회.

-

웃긴 검색어가 들어왔다.

'스트레스 안 받는 직업.'

건물주도 스트레스 받는 시대.

스트레스를 안 받는 직업이라..?

원하는 사람만 만나는 일을 하면

덜 피곤하겠다.

운동이 코어근육이 중요하듯,

SNS로 일을하면 코어층이 있고,

비슷한 생각을 가진 사람들끼리 모이면 된다.

뭐든 너무 스트레스 받지 말고

재밌게, 완벽주의를 버리고, 삶의 목적과 부합하면서
일을 하면 좋겠다.

좋은 사람들의 기준을 세워보자.
함께할 때 편안해지고 웃게 된다.
좋은 기회가 생기고
긍정적 생각을 하게
만들어준다.

안 맞는 사람들과 어울리느라
고통받지 않았으면 한다.
방법을 찾아보길 바란다.

-

오랜만에 번화가에 나섰다.
운동복을 입고 운동부 스타일의 패딩을 걸치고..
운동을 할 수록 운동부 같네.

지하철역에서 올라가는데
20대 학생이 말을 걸었다.
직접 디자인한 목걸이를 팔러 나왔다고 한다.

인터넷으로 판매하면 더 잘 팔릴거라 대답했다.

'아.이런. 난 바본가?
그런 말을 하면 안 되는데. 잘 한다고 칭찬해줄 걸. '

머릿속엔 인터넷으로 하는 일 생각뿐이다.

학생들이 수제품을 팔면, 기분좋게 사주는 어른들을
떠올려보았다.
예정에 없던 일이지만, 기분좋게 샀다.
마지막 인사말이 기억에 남는다.

"부자 되세요!"

-

지긋한 힘듦으로 살아온 어릴적 기억이
커서 사람을 얼마나 괴롭히는가.
병안에 갇힌 메뚜기처럼.
더 높은, 넓은 곳으로 나아갈 수 있는데.

환경을 극복하고 인생을 개척하는 사람들
소수는 재조명된다.

과거의 기억에 얽매여 살아가는
사람들이 더 많다는 걸..

오죽하면 술을 마시고 필름이 끊겨서야
그때의 기억을 고백한다.

술에서 깨면, 친구 이야기라고
재해석하여 이야기를 꺼낸다.

나는 아무 대답을 하지 못한다.
'이미 들었다고 말해야 하나? 아니면, 그렇구나 하고 넘겨야
할까?'

-

터미널에 도착해서 택시를 탔다.

뒤에서 쿵! 하는 소리와 함께 차가 멈췄다.

'뭐지?'

접촉사고다. 머리가 멍해졌다.
기사님은 목을 잡으셨다.

병원에 도착해 검사를 받았다.
겉으로 멀쩡해도 교통사고는 안심할 수 없단다.

'이러다 죽는 건가? 아직 할 일이 많은데.'
죽음의 공포가 잠시 스쳐지나갔다.
입원 도중, 시험을 보러 학교에 갔다.

철이 없다고 하기엔
어이없는 말을 들었다.

"사고 났다며? 정말 멀쩡해 보이네."

말은 항상 조심해야 하는구나.
어처구니가 없어서
지금까지 기억난다.

매일 아픈 사람들을 보니

더 아파온다.

아침이면 링거를 꽂아야했다.

핏줄 찾기가 어렵다며, 간호사님은 여러번의 시도를
하셨다.

'너무 아프니까, 일단 도망가자.'
어렸던 나의 판단이다.
아침부터 일어나 병원을 부지런히 돌아다녔다.
피하는 것엔 한계가 있다.

저녁엔 도저히 잠이 오질 않고
병원밥은 맛이 없었다.

우여곡절 끝에 퇴원했다.

몇 달 뒤 터미널에서 다시 그 택시를 탔다.
서로 모른 채하며 인사를 건넸다.

다시는 내 삶에 입원이 없기를..

-

방학동안 호주에 갔다.

그곳에 온 일본 친구들은 나이대가 **20후반~30초반**이다.

20대 초반의 우리들이 보기엔 이상하게 느껴졌다.

정해진 루틴대로 취업할 나이니까.

"부모님께서 뭐라고 안 하셔?"라고 물었다.

바보자식 나 자식..

일본의 모습 **10년** 뒤가 한국의 모습인데..

10년 뒤 내 모습이나 걱정하지.

10년이 훌쩍 지나왔다.

독서실 총무를 관두면서

들어 온 이력서들을 본다.

카투사, 명문대, 유학파...

결국엔 총무 경력직을 뽑았다.

이 똑똑한 친구들이 취준시장에서 오래 머물다니

인력 낭비구나.

-

"저는 이렇게 돈을 벌었습니다!"
결과론적 관점이 아닌가?

힘들었던 시행착오들은,
짤막하게
요약되었나요?

-

적당한 긍정이 좋다.

지나치게 행복한 사랑이야기는
이상하게 느껴질 때가 있다.

어느 순간 싸함을 발견한다.

단점은 꽁꽁 숨겨놓은 듯,
싸우고 나서 무관심한 장면을 발견할 때,

'다 숨기고 빙빙 돌려 말하나?' 싶다.

-

유튜브에서 쪽방촌 인터뷰를 시청하였다.

쪽방을 사람 사는 곳답게 수리할 생각은 없는건가.

노숙자 인터뷰에는,
10여년 전 xx역 앞에 살던 분이
노숙자로 나오셔서 놀랐다.

예전 그 모습 그대로.
사기당한 후로 계속 노숙을 하셨단다.

한 번 무너지면 벗어나기 어렵다.

개인만의 의지로 안 되는 것들이 많다.
사회탓이 어느정도는 있다.

재활 프로그램이 짧은 기간동안 진행한다.

생각의 선순환이 이뤄지려면 **2-3년**은 필요할텐데.

눈앞의 긴급한 상황에
생각을 바꾸기는 어렵다.

-

떠올려보니
사과를 받은 적이 없다.
상처받아 온 방식으로 나를 대했을 테지.

딜레마이다.

같은 일을 겪기 싫으면서도,
겪어 온 방식으로 사람을 대하는 것.

-

잠시 머무를 고시원 방을 보러 갔다.
내가 먼저 확인한 후
순간적으로
뒤에 오던 친구의 눈을 가렸다.

충격 받을까 봐.

아.. 그렇게 좁은 공간에
화장실과 책상이 존재하다니.
퀴퀴한 냄새가 떠오른다.

가끔 힘든 날엔 악몽으로 나온다.

-

지적을 잘 하는 이유는,
제대로 해 본 일이 없어서일까?

-

영상 시청에 지친 사람들이
오디오북을 좋아한단다.

인간은 참 알 수가 없다.
자극적인 영상을 찾을 때는 언제고
이제는 지쳤다니.

\-

멋진 옥탑방에 한 번은 살아보고 싶다.

겨울엔 춥고 여름엔 덥겠지.
하지만 화면 상으로는
옥탑방이 운치있어 보인다.
아이러니.
금손을 거쳤기 때문일까.

\-

성인들이 스파르타 학원에서
손들고 벌서는 사진을 보았다.

아.. 나이가 몇 개인데?
알아서 살아야지, 타의로 공부하고 벌을 서다니.

사고의 근간이 흔들린다.

\-

SNS에는 어딜가서 무엇을 하는지
자세히 올리지 않는다.
사람은 타인에게 관심없다고,
누가 말했는지 모르겠지만.
사람들은 타인에게 관심이 엄청 많다.

관심 포인트가 원치 않는 사생활이다.
몰래 지켜보면서
'저 사람은 돈이 어디서 났지?
무슨 일하고 살지?'
궁금해한다.

그러다 사람에 질려서 SNS를 떠나고
검색어에 누구누구 직업이 들어온다.
직업 미공개인 유튜버의 직업이 궁금한가.

-

노숙자 인터뷰에서
거리의 생활이 익숙해지기 전에
벗어나야 한다고 말한다.
기초수급 생활에 익숙해지면

119

집 안에서만 생활한다.

임대 아파트에 살기 위해
소득이 제한되고
양극화는 심해진다.

-

썸네일은 어떤말로 포장해서 사람을 낚는가?
과정과 숨은 뜻을 보자.

-

국가의 감시가 있으니
정년을 보장해준다.
세상에 공짜는 없다.

-

인생에 중요한 일은 밥벌이부터,
의식주 그 이상의 가치인
돈이 전부가 아니라는 말은

생활할 수 있는 돈벌이를 하고 난 다음의 이야기다.

-

국가 상담소에 도움을 요청했더니
비밀을 발설했다는 후기는 뭐지.
공감능력이 없는 교사들인가?

-

타로카드 영상에 번호별 카드 풀이를 시청했다.
다 결국엔 좋은 말 해주네...?

누구나 다 힘든 사연있고
때가 오면 해결이 되겠지.

바넘효과라는 단어가 떠오른다.

-

사기꾼은 맨날 똑같은 이야기를 하는가.
집안 좋은 의사가

수중에 500만원이 없다니?

-

철학과 심리학을
필수과목으로
지정하면 좋겠다.

어려운 일이겠지?

정해진 답을 쓰는 시험은
채점하기 편하니까.

-

사람들이 디저트를 먹는 이유는
인생이 쓴 맛이기 때문인가요?

-

어떤 사람이 말로 설명할 수 없이 이상하면
도망가자.

사람들에겐 나만 이상한 사람이 된다.

'그러니까 뭐가 이상한데?'
라고 반문하겠지.

진실이 드러나면
그들의 태도는 바뀐다.

-

책임감 없는 어른들이 만든,
영유아기의 정서적 불안.

한 사람의 일생을 괴롭힌다.

-

안 쓰는 카톡기능이 많다.
사람들에게 필요한
"카톡방 몰래 나가기"
만들 생각은 없나요?

몰래 탈퇴하고
다시 가입해야 하나요?

-

뉴스 짤을 보았다.
공부는 재능이 96퍼
노오력 4퍼
그래프에 찍어 보내다니..

인정할 수 없다!

-

피해자는 다시 가해자가 된다.
은연중 말과 행동에
가해자의 모습들이 묻어나온다.

부메랑은 막으려 해도
끊임없이 되돌아온다.

서로에게 피해를 주고 받지 않으면
편하겠지만, 이상적인 바람이다.

-

추워진 겨울날,
아침부터 피로가 몰려온다.
찜질방에 들어가 숙면을 취했다.

누군가가 깨워서 일어나보니
불은 다 꺼져있고,
여길 나가야 한단다.
주변에 사람들은 이미 다 사라졌다.

맙소사!

위층으로 올라가 보니
천장에서 물이 떨어지고 있다.

호흡기가 화기를 마시면 화상위험.
뉴스를 본 기억이 떠오른다.

잽싸게 수건으로 호흡기를 막았다.

황급히 나가는데 환불 줄이 보인다.

줄 서 있다간 죽을 수 있겠다는 생각이 든다.

엘레베이터를 타고 내려가는데

누군가가 반대쪽 엘레베이터 버튼을 누르고 있다.

누르면 안 된다고 소리를 쳤다.

우왕좌왕하다 모두 다 떠내려갈 것만 같았다.

몸이 엉망이 된 채로 무사 탈출을 끝냈다.

위기의 상황에서 해야 할 일은 뭘까?

침착하게

할 일의 순서를 명확히 하자.

-

소시오패스에게서 나타나는 대화법이 있다.

말을 빙빙 돌리면서

사람을 돌아버리게 한다.

워드 샐러드.

굳이 설명할 상황을

만들지도 말고

눈치채지도 말고

피할 수 있을 때까지 피하자.

-

백화점 내부에 들어 갈 일이 있을까?

앞으로 아마 없겠지.

호기심이 발동했다.

당장 직원 휴게실로 달려갔다.

맙.소.사.

문을 열자마자

무력한 공기가 나를 짓눌렀다.

'괜히 들어왔나?'

그나마 있던 힘마저 빠졌다.

하루 종일 서 있는 일이

매일 반복된다면 얼마나 힘들까.

마감 후에는 매출 압박으로 쪼아댔다.
백화점 직원 자살 기사가 떠오른다.

그날 이후로,
나는 백화점에 가지 않았다.

-

이야기를 듣는 순간
머리가 깨질 듯이 아프고,
머릿속엔 검은 장면, 사고난 차량이 떠올랐다.

우는 어린아이의 소리가 들린다.

그 친구는 세월이 지나도
4살의 모습을 떠올리며 살아갈까.

-

이후 나에게는 트라우마가 생겼다.

충격적인 사건을 들을 때면
감정이 그대로 전달되기 시작했다.

-

100세 시대라고 노화가 멈추지 않는다.

-

독서실에 민폐 회원이 한 명 있다.
취미는
열람실에서 과자먹기
갑자기 욕하기.

특기는
발뺌하기.

공용 노트북의 트위터 대화 내용을 보고
까무러쳤다.
욕이 가득했으니까.

방치된 아이 같아서

밥을 사줄까 해봤지만
오지랖인가.

모든 사람이 같은 조건에서
살아갈 수 없다.

현실은 지상낙원이 아니다.

-

빚으로 사람들을 통제한다.
등록금, 생활비, 차, 집..

빚에 억눌리면 삶의
선택사항에 제한이 생기고
멀리 볼 여유가 없다.
눈앞의 문제 해결에 급급하다.

무기력은 개인만의 문제에서
비롯되지 않았다.

-

학원가 뒷골목 주택가에
보드카페 간판을 단 곳이 있었다.
보드카페가 유행하는 시기가 아닌데
주택가에 보드카페?

매일 오는 사람들만 온다.

그곳의 정체는 불법도박장이다.
간판 불을 끄면 밤에 보이지 않는다.

-

상담 모임에 학교폭력 피해자가 나왔다.
그는 끊임없는 우울의 굴레에서
벗어나기 힘들고
커서도 친구를 사귈 수가 없다고 말한다.

영화 <6월의 일기>는 현실이다.

다수의 괴롭힘은
가해자로

누구 하나를 특정하기 어렵다.

-

호텔은 빈부격차가 한 건물에
존재하는 현실판 설국열차.

누군가가 하루 만에 쓰는 돈을
누군가는 한 달 월급으로 받는다.

-

뽀모도로 공부법이 갑자기 떴다.
옛날부터 있던 공부방법이다.
긴 시간을 잘라서
짧은 시간동안 집중하는 방법이
뽀모도로 공부법.

이름을 붙이면 달라 보인다.

-

세상을 바라보며 떠오른 생각을 담았습니다.

-

함께한 시간 어떠셨나요?

SNS에 글을 올리며 정말 많은 힘을 얻었습니다. 댓글이 쌓이고 글이 쌓이며 바깥 세상으로 한 걸음 나왔습니다. 읽어주신 모든 분들께 감사드리며, 감정에서 자유로운 하루를 보내시길 바랍니다. 또 만나요!

간결한 감정(개정판)

발 행 | 2022년 07월 20일

저 자 | 편안한 김리치

펴낸이 | 한건희

펴낸곳 | 주식회사 부크크

출판사등록 | 2014.07.15.(제2014-16호)

주 소 | 서울특별시 금천구 가산디지털1로 119 SK트윈타워
A동 305호

전 화 | 1670-8316

이메일 | info@bookk.co.kr

ISBN | 979-11-372-8851-5

www.bookk.co.kr